珞珈诗派

中国文联出版社

图书在版编目（C I P）数据

珞珈诗派．第二辑 / 李少君，陈作涛主编．-- 北京：中国文联出版社，2023.10
ISBN 978-7-5190-5349-9

Ⅰ．①珞… Ⅱ．①李… ②陈… Ⅲ．①诗集－中国－当代 Ⅳ．①I227

中国国家版本馆 CIP 数据核字（2023）第 198567 号

主　　编　李少君　陈作涛
责任编辑　胡　笋
责任校对　秀点校对
封面设计　郑　坤

出版发行　中国文联出版社有限公司
社　　址　北京市朝阳区农展馆南里 10 号　　邮编　100125
电　　话　010-85923025（发行部）　010-85923066（编辑部）
经　　销　全国新华书店等
印　　刷　廊坊佰利得印刷有限公司

开　　本　880 毫米 ×1230 毫米　1/32
印　　张　62
字　　数　500 千字
版　　次　2023 年 10 月第 1 版第 1 次印刷
总 定 价　298.00 元

南国指南

黎衡

著

作者简介

黎衡

写作者，1986 年 1 月出生，2008 年毕业于武汉大学中文系。曾获刘丽安诗歌奖、时报文学奖，出版有诗集《圆环清晨》，兼事随笔、小说和评论。居广州。

目录

1. 仪式

2. 采石

3. 雨国

4. 盲海

5. 礼物

1.

仪式

广场序曲

你所看到的
和我所看到的，
是两个世界
尽头的震荡。

广场的意思是自由，
还是集体的忘我？

至少，现在，
晚上十点的微雨
驱散了相互失明的人群。
黄锈石和透光灯柱
折叠在雨水的凹镜里。

广场，因为你第一次到来，
再次变得陌生。
这时唱歌，犹如站在废墟。

2013

飞行

四点钟的屋顶飞过了
五点钟的凤凰木
凤凰木飞过了
六点钟的斜坡书店飞过了
七点钟的工厂和迷路
迷路飞过了
八点钟的回到原地飞过了
九点钟的地下商铺
路人飞过了
十点钟的再次迷路飞过了
十一点钟上锁的后街
十二点钟我们在飞
飞向凌晨一点钟的回家
朝着睡眠降落

2013

交织

《自然》课本上写着：地球有自转和公转。
一个小孩在日光下，
越来越快地原地转圈——
就像速朽的钉子，
楔入了三次旋转的弧线交点。
四周的真空开始衰变，
太阳的光谱，滤过他的头脑。

而她想呕吐，陷入记忆，
在地铁、的士和公共汽车上
逐一失去平衡。
晕车是向黑暗的山谷
反复跳伞，拉开降落伞的刹那
风暴使她忽左忽右，
她的心房成为一座孤独的小屋。

2013

水底的下午

一个沮丧的下午
像金色的糖块迅速溶化在沸水里。
在宇宙的杯中，
这清洁、透明、就要满溢的水，
从下到上
忽然变得混沌、金黄。

起身，却没法站立。
推窗，推不动。

火车就要开了。
公路两侧的
行道树，
剧烈地晃动、碰撞，
不能溶解。
时间迫近，钟声在水底演习。

2013

博物馆

你的左眼和右眼、
鼻子、嘴巴、耳朵、四肢，
是十座博物馆，
收集历史、美和距离。

在开幕和撤展之间流转的
血液，让日升月落
沿着肌肤的纹理布景。

回忆和想象，
各自展开一条
没有尽头的玻璃走廊。
等待着噩梦来盗窃，
却一无所获。

你走进他们的博物馆，
像巨人睡在小人国。

2013

世界电影院

你睁开眼睛——
上帝剪去进场的副票。

随着你的脚步，
电影院，在晨光金线
的牵引下建成。

一排排铺向低空的云
廓开了遥远的墙壁。

风一样转向四面八方的
透明镜头，人们都看不见。

站台指路的中年男人。
童车上熟睡的女婴。
弯腰捡垃圾时
碰到落叶的老妇。
背身钻进蓝天的船员。

2013

电影怎么开始

明天的一阵暴雨，
将为近景梅林关
和远景莲花山
默默转场。

过街天桥上
和公路涵洞下的
人影胶片，
与大地的座椅对称。

我们在不清场的
水边定格了拍照的游人，
观看着他们
私人美学的镜中镜。

有时我们坐在影院的最后
一排，等待一场电影开始。

2013

海岸巴士

山是嵌在海上的绿色电路板，
让蓝天在上方成像。

这样看来，疾驰的大巴
似乎从幻影中开出，

从天上开向公路。
在图像之外观望海岸，

前方的弯道，可以通往
任何虚拟的阴影。

但我仅仅是画面的一个细节？
还是将要进入的

阴影的局部？我只想入睡，
无奈森林太颠簸，碧海从窗外

一闪一闪，把边界
隐藏进光芒的交换。

2013

向东的半岛

当礁石以植物的速度
向东伸展
簇拥的游人开始稀少

你把风叠成半岛的形状
把半岛叠成
一圈圈扩大的暮色的形状

你在暮色的中心
向东移动，披着微光
像披着烛火

我展开你风中的心
从幽蓝的大海
展开乌青的大海

从下午四点到七点，是反复
折叠和打开的三小时

2013

奔跑与日出

他们睡得很沉，错过了为看日出定的闹钟，
猛然惊醒，从小屋冲向几百米外的海岸。
好像夸父在清晨闪烁的冷光中呼吸，在身后
追兵一样咆哮，他的脚步跨入了他们的脚步，
他庞大的身体挤出了他们的身体。
太阳是否已经升起，反倒变得无关紧要。
也许他们弄错了方向，也许岸边的山
遮挡了视线，或者这是个不走运的阴天。
奔跑，渐渐变成了内在的催促，一场与太阳
共同跑起来、与新的一天同时升起来的
仪式。一次完成。他们越跑越快，越跑越
喘息，四周空旷无人。终于在一片退潮的
滩涂上坐定。这时，一枚深红色的徽章缓慢地
越过了海平线，为他们，进行了秘密的加冕。

2013

海上读诗

他们坐上一块海水中的礁石，
伴着潮声的加速度，读巴列霍。

读他在阴天对四肢围成的
牢狱的诅咒，读他发现人类的
秘密像演奏狂喜的音乐。

他们的双脚在海水金色的
鳞光里弯曲，被藻类驱赶。

旁边，一对银发夫妇一前一后，
站在沙滩上，隔着两米距离
平静地观看大海，仿佛大海很远。

他们也后退到沙滩，读另一首诗，
潮声越来越大。刚刚站立的
那块礁石，周围的海水一寸寸涨高。
天色晚了，海浪盖过了石头和人声。

2013

木乃伊猫

发现它是在一次埃及文物展上，
祭司一样站立，爪子和尾巴都已不见，
只有尸布为它裹上了永恒的新袍，
它的身体过于瘦小，那个肥大的它
躲得“比恒河或落日还要遥远”。
猫的面孔也只剩鬼魅的图案，
我找不到真实的眼睛，这双幽灵的
假眼没有用琥珀囚禁我，而是翻阅着
四千年来所有的死者。它的身体
因为集合了过多的猫的影子
而愈加孤独。它代替全部动物沉默，
代替全人类，失去黑夜和触须，
在高傲地巡视盲人般摸索的游客时
成为一道门、一块不发光的矿石。

2013

来自风

“风随着意思吹，你听见风的响声，
却不晓得从哪里来，往哪里去。”

这天晚上，我们从莲花山公园
绕出来，越过一座人行天桥，想去
初见时的广场吹吹风。窸窣的雨
使街道卷曲，行人都是影子。

但我们走反了方向，在从未见过的
路牌之间兜圈，梅林的街区
“都像叶子渐渐枯干”，“好像风把
我们吹去”。迷路使我们更饥饿，

更无知。我忽然记起附近有一座教堂，
于是带你去寻找，“风不住地旋转”
经过斜坡、树丛，我们循着诗班练唱的
歌声，发现它，在风的无限安静中。

2013

雨后的巴赫

有阳台的小屋是为骤雨准备的。
雨水溅进来，雨雾模糊了
这个依然肮脏的世界。雨中来不及
躲闪的人也并不会因为狼狈
而洁净，只是借着天色的混沌
暂时消失。我们这些罪人
在屋子的庇护下关上门窗，雨
敲打着玻璃和栏杆，敲打着
遮挡肉体和枷锁的房顶。
安全的小屋是雨中短暂的音乐盒。
我们闭眼、祷告，直到雨停，
内心的污泥都变成葡萄。
天空明朗起来，我开始播放巴赫，
我想，这是听巴赫的最好方式。

2013

寻人

你在电话里描述着一个地点，
我找了过去——
但那儿是一片空地。
除了移动的楼房、站台、
沙县小吃、杂货铺。
四面涌过的赶路人，
每一个都是陡峭的岸。
我们的船在各自的漩涡
一无所获。“神看光是好的，
就把光暗分开了。”
这是无边的深夜，我们
彼此的缺口被光和暗分割，
等待着完成。我们向另一片
空地靠拢，向茫茫的“第一日”。

2013

2.

采石

采石场

每个白天我做着同样的梦，
反复路过午夜的采石场。
石头炸裂、切割、凿碎，
沿着空中的细索搬运。
沮丧来自石头的内部，
来自不可细分的黑暗实心。
所有事物都在分享和交换中
消磨，唯有痛苦不能。
唯有尖利的石头自由落体。
痛苦，多么纯粹。

2013

留别深圳

南国指南
采石

记忆是什么味道？
譬如一个小男孩
在盛夏老屋的残骸里，
天井，亮瓦，柴堆旁
接过大人刚刚
撬开的黑色冰镇汽水，
嗅到的馨香的水雾。
可能这个联想并不合适，
我乘坐动车正在离去
的这座城市，繁华簇新。
街道通常空空荡荡——
雨后大理石的冷光，大口
吞下树的倒影。
人们只在地下走廊
和空中幕墙的背后拥挤，
垂直于大地的镜面，
构成了十字交叉的对称。
中点从一张脸
躲藏到另一张脸，
故乡仅用于发明未来。
但我发明了失败。
我从梅林关内外

和罗湖口岸两侧的
成功学里，发明了两年后
火车驶出的水雾。
窗外的高楼渐渐演变成
历史的疲倦。
我只能反复买票，
闸门的
开闭，像是一种准备。

2013

山阳

明日隔山岳，世事两茫茫。
——杜甫

1.
他划着光之舟，划开山脊
天上，他的分身的烟花
在每一枚夜星上粉碎
燃烧的暂时
焚灭了影子的绝对
甩开它们，小舟才能托住他
在蒲苇和悬崖之间画圆
圆心上归来的马
驮着两个佯醒的人

2.
“你们要去哪儿？
看不见岩石的盲目吗？
或者听听影子音乐
像不像买菜的那个雨天
刀剁到手指后汩汩地流血
混杂着下水道
突然倾泄的水声，但天晴了

邻居都像复活的人
每人讲一个故事，指向拐角
倚着生锈的食物
不是现在，现在是终点。”

3.
“往前走不通了
尽头是一座电影院
没有观众、台阶、围墙
最后的银幕一直变大
色彩衰弱，散发着
白昼坍塌的味道
那块银幕上是什么
不能告诉你
除非穿过它。”

4.
“但为什么要回到现在？
现在是终点
向前看，我无边无际
而往回看，一切已被安排
我动，就好像不动
太疲倦了。”
小舟鞭子似的，抽打着山弦
他不知道
自己在银幕上表演划桨

2014

死是我们再次的未来

死是一个开始，对这个世界我感到怯场
我圆规的眼睛撑开了大气泛蓝的弧形
我的所见都是荒谬，黑白电视播放着 1992 年的
春节歌曲联播，大舅带回了他和将来之间
一段失效的梦游。堂屋被新收音机里
喷出的波形的黑暗押破了，我坐着，我站着
我跨过了垂直于这个圆形世界的一座桥
并在回头时，陷入了对锥形马路尽头的震惊

2011

这时抽屉打开了

这时抽屉打开了
所有声音之外还有一个声音
所有动作之中还有一只
凝固的手
我们走过的楼道
正沿着我们上空不断爬升
除了肉体和记忆，什么也没有
这时抽屉打开了
凌晨像抽屉一样打开了
暮色像抽屉一样打开了
这时抽屉打开了
星空被倾倒出来
我们说出的话既像谎言又像谶语
或者什么都不是

2009

容器

他像个玻璃容器在海面上
有时候空着
有时候盛着海水
啊，一无所有！
透明的边界容忍了秩序
他体内的水随时要泼出去
还要维持
与浪潮的平衡
日光和夜的胆汁
在壁沿上熠熠不安
他漂在海上
吐纳着与他无关的海水

2014

血仓

阳光直射他的毛孔
像打谷机抽剥着稻穗
他的血液多么欢欣
一播种就成熟
腐烂的粮仓曾从他的
身体里打开一道窄门缝
晨尿拧醒他，而蚊群在以
初夏的速度偷食死亡

2015

早晨

早晨，马路像行刑队为朝阳的
每一颗头颅准备了树荫
血色抽打着自东而西的流水线
更多朝阳的脸卸下，遮住
你们的脸，光芒刻刀雕塑发涩的瞳仁
这脸的模具从故人向新人移动
没有错误，没有差别
大桥饮尽薄雾，他也准备
在出门前接受新的一天
并重新变成即将消失的人

2015

劳动颂

力在黑暗中扩张
把无用的动作变成火花
用双手去寻找尘埃
油漆覆盖了冬夏
汗水熔钢一样
在满满的仓库里冷去
反复的堆砌和摆脱
不是仪式，而是清场
给了马克思灵感
变成暴力的神秘

2010

冬日

阴沉的天，有如一个盲人
弓下来，一动不动地
撒着铅粉

2009

困倦

我们每天看到的，是一个盲人想象的世界；
而我们梦到的，是他重见光明时，世界短暂的表演。
此时，他拉着你的锁链，在三十六楼的
玻璃幕墙后，偷听：吊车、铲土机、工地、孤楼、
会展中心、购物广场……奏出的废墟交响。
但上升和下降早已不是一种意志的蓝图，
而是电梯里拥挤、焦虑的机械运动，
一再重复，如阴天再临，如陌生的人们在地下聚散，
地铁也不是对地狱的模仿，只是通向晚餐的最后捷径。

2012

墙

墙很厚，他们觉得安全坚固
在墙中他们有时变成方的砖
有时变成圆的砖，他们把墙
像大衣裹紧在身上，他们是
更多的新墙，漫长的空坟的
国境线，外面的墙的缝隙使
他们有了弹簧一般弹向肉体
的影子，肉体水泥在凝固前
被铁靴踩上脚印，红锈铺满
的盲人路通向墙中加厚的墙

2011

午夜不是滑翔机

午夜不是滑翔机，载我一人
从云中俯冲。我沿着水面飞行
午夜是五根绳子从不同方向
以光速拉我。这些散开的

我的声音、我的形象、我的
欲望和意志，都被大气的暴君
挥斥，大气甩空了自己
闪电散发着福尔马林的味道

但雨很久没来了，云中的每滴水
都是我遥远的碎片，那场暴雨
等待着，如同一群我等待着枪响
一群我填满又腾空了安静

但我想和自己交谈，用呐喊
或尖叫的方式，无人听到
无人回答，乌云中的无人
覆盖了大地上的无人

2011

记忆衰退

一个老人在阳台上
他的自信像松动的牙齿
灯坏了，忽闪忽闪
这弹簧似的闪电带给他安慰
让他在昏暗的刹那
近乎失忆，但在明亮时分
总能努力记起什么
银河冷金属，肉身投币机
能取出哪一张脸
成为今晚，云后的无名之月

2014

悼
——纪念少年时的玩伴张虎

南国指南
采石

夏天的推土机碾过
搬迁的院子也是
挪走的夏天
每一年从初夏到盛夏
从我认识你的十五岁
到你永远关闭
夏日之门的二十四岁
我的未来像注射：空空的
输液瓶高悬而漫长
你的未来
是茫茫的漆黑
你在荒野打着手电
你把光柱有时指向
低草的尽头
有时指向星空
你有时看不清自己
因为未来在夜的灰尘中

而你关上了手电

楼梯一拐

是阳台和深渊
是明晃晃的夏天的
极限的燃烧

你曾有很多理想
当足球运动员或心理咨询师
你谈过一场不成功的恋爱
那两年的夏天我们时常
来到后山，在一架荒弃的
双杠上坐着，望着云层低垂的远处
一年前我们通过电话
三年前我去傅家坡车站接你

你是否相信世界的万花筒可以
望到另一个多棱镜，望见的人
不能告诉其他人，没人
知道那镜子反射的是火湖还是
弯曲的宇宙，没人
从镜子里回头告别
这不是勇不勇敢的问题
和我一样，你还年轻
我不敢相信你的消失
即使在很久以后
即使我在江水上涨的汉口
从电话里得知
你自杀的消息

2010

荒芜

追逐着轰燃的侧路
　　阻塞在两座桥之间
以孤心为珠江悬吊
　　铺平了末日的坦然
车骸仿墓地稻草人
　　指挥岛上落日成灰
火警锁在消防车中
　　看烈焰置换了水沫
前方是另一座高架
　　展开它擢拔的天灯

2014

3.

雨国

白雨

流体玻璃，熔化并四散
它们从高空跌落
每一滴向大地敲门
并不急切，只是形成了
苍茫的合力
白色的，在下坠中
张开的透明剪刀
裁剪着大气的衣服
所有人都穿上它
高楼听雨的人
和路边举伞的人
共同维持这破碎的秩序

2014

暴雨中的公共汽车

一个空旷的站台
为了摆脱雨
我挤上了
不知将开向哪里的
公共汽车
它慌张地加速、转弯
驶上大桥
急于澄清自己
不是雨的一部分
但暴雨的影子
变成了盲人
弹奏这架水底的钢琴
弹奏乘客——新旧
不一的琴键
他们，会在车停时惊醒
偏离重力的平均律

2014

暴雨中赶去听扎加耶夫斯基朗诵

星期天，暴雨在晚起的人看来
是楼道与空气之间
擦响的磨砂纸
或许漫进屋内的水雾
也让我分辨不清
噩梦里回头又躲开的脸
我追着雾醒来
窗外仍是雾

去不去看扎加耶夫斯基
是个问题，这位波兰大诗人
第一次来中国
下午要在广州番禺的
宴会厅领奖
我读他的作品，从照片上
也见过他的样子
这还不足够吗

我们把耳朵借给演奏
配合音乐的完成
我们进入黑暗的集体
观看一场电影

而诗歌是个人的仪式
像病痛
或惊醒时错愕的回忆一样
无法分享

我还是出门了，仅仅因为
害怕失去一次机会
会场的位置偏僻
走出一个陌生的地铁站
跟披着塑料布挡雨的
黑人兄弟一起等出租车
雨幕拧干了天空的高度
目之所及，没有人叫得出

我的名字，这种感觉
使世界更辽阔
但连续几辆的士
都不去我所说的郊区
只好匆匆地搭上
一辆挤满乘客的公共汽车
看它冲开淤水
驶上高悬的大桥

我这个盲目的旅客
根本不知它的目的地
在对岸的十字路口下来

穿过斑马线，继续
拦的士，雨已经小了
两个女人从身边踮脚走过
水花四溅，手机上的时钟
比乌云还要焦急

一辆天蓝色出租车
穿过棕榈的队列，停下来
我描述了要去的地方
司机却说出两个地点
问我到底是哪一个
两个名字，意味着两种空间
地图上的两处标记
它们之间除了悬空的雨

还有什么？路人、空气、逐渐
衰弱的声波，空洞的
移行的万物
总之，他开去了
其中一处，可以碰碰运气
挂满水珠的车窗外
建筑都沉向余光的井底
回声让人平静

车停在一座国际大酒店的门口
制服笔挺的侍者为我

打开车门，“先生，请问是
住宿还是用餐？”多么尴尬
对一个狼狈的不速之客
相比漂亮的房子，我更像
雨水。相比宴会，我的食物
只是为了充饥

况且，还不够饥饿
说明来意之后，他告诉我
会场在另一个地址
还好，不远了
我总算找到了那里
大厅外一天将尽
树木、路口的指示牌和泥泞
陷入了两场雨之间的虚脱

找位置坐下，还喘着气
就听到扎加耶夫斯基
开始了沉着的念诵
他的波兰语的腔调
像忧郁的水流，时而
敲击着黑暗的石块
但在盯着旁边的译文字幕
之前，我对这声音一无所知

也很难把那些熟悉的诗句

与台上这位没有头发
留着优雅的白色髯须的老人
联系在一起
这位灯光下的陌生人
还拥有他的作品吗
或是成了言辞的一部分
让写作的时刻

重新胶凝在自我的琥珀里
并为这个下午
提供雨停时
他的不在场证明

2014

乌有镇的雨季

垃圾随着水流堵塞在
下水道口，污浊的渣滓掀翻了
恶浪里的大街，树丛在风中耸动
愤怒的群众每人隔着一面雨墙
握紧拳头，隐形、噤声
如同被乌云撕碎后的废纸，燃起
鬼火又被雨浇熄，他们吸纳着雨滴里
包藏的下坠的大海，他们像泼出一样
在水中提速。一会儿，雨小了
片片水域倒映废墟样的九重天，每个
被溅上污泥的人是倒悬在
阴影中的禁止通行的塔

2011

乌有镇的台风

它来自空洞的大海，失忆的大海
风球，气旋。水珠的锁链拧干了
太平洋四顾茫茫的虚空。有的岛屿
在风的便笺上草书了一封信，向
失去联系的老友告知明天的索味
有的半岛用海岸线，速写着风之手
它要伸向仿佛从不存在的昨天
在惊愕中挥动。传真机交换着警报
台风来了，街道平静，行人艰难

2011

雨中，樱顶

高高低低，雨落向石阶、水洼、眼睛
谁的眼睛睁开，于是我发现一场雨。鸟鸣
飞入耳朵
自两里外的反光

飞走了。这张黑白照片，不停掉色
樱花大道凹成海沟
珊瑚树下的行人，小心地
互相超越，倒影高高低低
被积水聚拢

可能有倒行的雨，从地下回到积水
哗啦哗啦流进下水道
展开再折叠。弯曲了
远山

山间，城楼变冷，渐渐消失
隔着发亮的银杏和梧桐
成为雨停多年后

我的一道余光

2006

城市伐木工

几个工人在楼下的社区砍树
架着梯子，挥动电锯
几棵老树倒了
还有些树剩下躯干
和稀疏的枝叶
腾空了电线以及头顶的蓝天
他们裸露着黝黑的上身
不像白蚁那样，无法引人觉察
也不像一场大火带给
围观的老妇、阿伯和小男孩震惊
他们介于两者之间
这是他们接到的工作
为了让楼房
不变成森林的一部分

2014

赤坎镇

在距海不远也不够近的地方
小河随台风而动
漂浮的垃圾校准了河岸的
时代镜头，骑楼和窄街
雨渍斑驳、泛黄的风景
在临风招展，分明像一个
含着浓痰、大隐于市的老人
他路过腥气的傍晚集市
黄昏载不动巷中急走的家鸡
一阵笨拙的扑翅，盲目的啄食
昔日的船市不见了，自行车
只作为物证堆弃在楼裙
从廊柱背后倏忽拐出的摩托
将风一帧帧定格
沿河叫卖的甘蔗汁，加速了
夜幕慵懒的升起……桥的不平衡
被倒影打破，灰尘腾空街心

2013

无题

傍晚的暴雨声里
奔跑着一个牧人
在水中驱赶马群
天空是海底，在马蹄的
暴力中塌裂

2010

雨的忧郁

试着摆脱窗栏的阻断
让上午缓慢得
如同雨回到云中，云让出光
黑暗的片刻打着旋儿
泡沫似的消失
试着对空读两篇小说
甚至念出声
兰花、木棉充当阳台与街巷的听众
雨收割了夏季
接着是秋季
看天幕低垂
是无边的田畴矜默

2014

骤雨

我驾驶着五楼的屋子在雨天航行
挥斥爆裂的海水
为阳台的岬角开路
灰质珊瑚长满了对岸
以注射器推送药水的速度
在城市天际线上高耸
那些麻醉后的巨浪鼓动乌云
再降一阵暴雨
让水的涡漩配合地球自转
远航的我仿若静止

2015

惊醒

雨，火车启动的节奏
在下一站，车门打开
窗帘遮住了地图，雨，
渊薮的粉碎机，让天
变黑，雨，你错过了
离去的火车，在地下
摆满蛋糕的桌前或是
在高架上，或是汽车
雨，马戏团帐篷坠下
你绕着天空四壁乱跑
没人鼓掌，雨，没有
手机闹铃和光的风暴
凶杀者穿着便衣一言
不发，时间减少，雨
不着一物，印地语的
报纸，父亲的拒绝和
星空足球赛，雨，雨，
你终于惊坐拉开窗帘
雨中没有开门的火车

2010

香港十四行

这玻璃的雨林，灯火在每一扇窗户
含苞待放，你可以说城市是一只鸟
冒着五光十色的对流雨，滑向低处
倒影太深，钻进去，鸟就成了韵脚

或者她是一颗水晶球，弯曲的表面
巨大的手正轻轻，搂住夜色的脖子
恰好她跑起来，说自己更接近闪电
接着躺下，维多利亚港，速溶睡姿

魔方转起来，她在中心搅动，什么
是深黑色的？暗渠、历史或红树林
一百年前她比现在更老，她沉在了
铜锣湾虚无的黄昏，抚摸时间的鳞

而现在，她忽然浮出海水，如蝴蝶
用力抖着自己，仿佛抖动了全世界

2007

凌波门

一道门就是一艘船
满是倦意的划桨人
推开了岸的弧线
天光却并不显明
漫天水雾像一排瘦鹤
停在船舷上
不但赶不走，它们还要
衔着船低速飞翔
深夜时门将关闭，山
不是山，是追着船的急雨

2012

4.

盲海

盲海

你们在前进，我在后退
教室里有人结巴
有人戴了皮面具
他叫着你的名字
你叫另一个
投影仪的光射向
来往的脸，大雪急促地
下在游泳池，我在后退
当乌云困住身体
天就暗了，目盲的街道口
胭脂路，雍布拉康
你们涌向所有的地点
你们慌张但
没有恐惧，我在后退
四周的路段正凹陷
我在后退

2007

北戴河烟花

几点篝火在潮声中
人们搭起帐篷，披着风衣消失
剩下的是黑暗

黑暗中我看海
像失明的人
回忆童年的一片
没走下去的开阔地

烟花升到高空
海上打开一道耀眼的入口
我正要进去
烟花灭了
入口随即闭紧

2007

老屋

门栓动了动，刻满皱纹的木门
“吱呀”一声开了
一条过道，墙角堆着柴禾和煤
自行车的锈迹坚硬
穿过去——灰尘是崭新的
它们有的伏下去，有的
在从天井射来的光线上
飞起来

飞起来，四周变得渺小、明亮
（这时我八岁）停在这道光线里
像一颗孤独的星球

轻轻旋转

2007

观察

男孩在外公的背上睡着
他的眼睑涨水
一蹬脚，身体就长高了
井的深度丈量了危险
自行车上的手电光束
彗星般晃过
那时他可以不害羞地
俯下身，从两腿间观看
倒挂的世界
在船舷上动荡

2010

放射

十几年前，一个孩子在大山里
把首都想象成一块
集贸市场大小的巧克力，
一个能搅出吊车和道路的削笔刀，
而他是一支短小的铅笔
在属于自己的狭小土地上
钻啊钻啊

那时他感觉他在那里，永远地在那里站着
或是小灰点般移动。他感觉云层之外
可能有一双硕大的眼睛，在白天和夜晚之间
呼呼转动——

他感到目之所及的山的黑影、
瑟缩的街巷、自行车，无非是他
太过随意的画

现在他一张张撕下
裹在身上的纸，从遥远的洞口
走出来：天安门广场下着小雨
日渐苍老的外婆
在家乡的电视机前观看这一切

2008

天门墩

1.
每天我回到天门墩深处的一条巷子，穿过黢黑的铁栅、腐烂的楼廊。幽暗的巷子是黑夜的一把锁。当我走进来，巷子就与这个世界无关了。似乎它可以通向任何一个地方；又似乎，所有的地方随时会消失，宇宙中仍然悬浮着这条孤独的通道。

2.
午夜的街市，静得长出了汗毛。货车卡住巷口。一群十七八岁的小民工，眼睛空洞无底。他们用肩膀扛起巨大的钢条，埋进巷子另一头的黑暗，来回装卸。

3.
早晨走出巷口，阳光剖开了马路，光线把眼睛刺得生疼。我像一滴溶液，重新悬在天空的幕前。

2008

烛火

午夜，熄灯了，一支蜡烛
跳动的小舌头在暗中爬行
矿泉水瓶、茶缸、书堆、床栏
阴影和光亮交界处，长出细微的舌苔

烛火舔着暗室的蜜
一个晚年风箱，灰尘都是甜的
安静……
我一会儿是一粒灰尘
一会儿是亿万灰尘的容器
我在自己的内部飘浮
五平方米。整个世界！
这甜味，怎么也溢不出
烛火的版图

2007

麻药

在医院，我的脚趾在麻药的巫术中
变成血的水晶
在更大的巫术中，我成为宇宙水晶里
唯一的杂质

呼啸的星期三，我摇晃
卷入了昼夜的骨牌

世界是病人们的荒岛
活人们的墓区

我想呕吐
输液室对峙着岛上的巨石

2010

电梯

他喜欢坐人少的货梯
到 28 楼的办公室
电梯门关上
三面反光的墙和一面镜子
带着他上升
他在镜子里整理头发
为容貌的陌生
感到难堪
如果中途有人上来
就赶紧低下头
有一天，他进来
发现货梯四壁
被钉上了木板
乏味的棕色木头
似乎让他失去了什么
摆脱掉了除身体占有的
空间之外
那个无边的剩余世界

2014

笑

盲海

等电梯的时候，
我看到一种笑：
来自一个胡楂粗糙、
头发横七竖八、
高高的、愣愣的
年轻男人。
这笑有几分尴尬，
让人想起远古鹦鹉的侧脸；
又有一点羞赧，
像刚铺下的沥青
被石头砸了一个坑，
黏稠的黑色凝胶
正在下陷，
阳光在焦糊的气味里
变成粉末……
他笑成了一台榨汁机，
把中午的云、重力、
一旁和他交谈的
女性，放在一起搅拌。
我隔他两米，
也忍不住笑了。
有点类似于

在熟睡中被人挠痒，
这莫名其妙的欢乐
竟也成了梦的一部分。

2015

雾霾

雾霾卸下晨光，一个老人
开始了他迷迷瞪瞪的一天
陈年的痰卡在喉管
耷拉的行道树挠痒两肋
霾中消失了一半的洛溪大桥
被他咽下，连 10kV 电缆
输送来的阴影也不能使他的
片刻失眠更稳定
高压铁塔从眼球兀起，抛锚在
大气的吃水线

2015

夜游黄花岗陵园

叶子在秋冬不会凋黄的城市
柏树是死亡的修辞练习
它们说出了晚练老人的背影
沿着笔直的大道通向坟岗
呼吸、疾走，踩着尖石子路
从旧冢之间绕行，竹丛灯光细弱
避开了石头陵墓拱起的阻碍
但她禁止对碑刻拍照，让我想为
幽魂的底片一辩，举着手机
搜索太空中浮游的信号，确认我们
停在了陵园高处，尽管他们
比我们更高，在黑暗的磁极上休息

2014

5.

礼物

妈妈

你培育了这个世界
把它交给我
我沿着你的指纹上学、游戏、早恋、迷路

我是从你的身体里偷来了蓝天

2006 初稿，
2014 删改

东湖
——给董金超

风光村就是一盘菜，武昌则接近
一张油乎乎的旧木桌
我们坐下对饮的陋室该是天地了
山峦弯曲，东湖的卷帘拉开

光追着光。楼顶、岸边——
一切看上去都摇摇欲坠
我们吞下泡沫，并且谈诗
句子铺成的鹅卵路也令人厌倦

2009

生命的放映机
——给王磊

忆起一些冬夜和夏日傍晚
鸟群铅锤般悬挂
或织起旗帜卷过樱顶
东湖的水通天
气息萧萧，风的剑出鞘
谈话和酒
在剑刃上闪光
斩下的是尾随而至的黑夜
也曾一起读
“那个天气预报曾经预言的晴天”
在暴雨中，我们几个人
坐着摩托车探进
山林幽黑的胃
你趴在火笼上醉酒，我拾级去看
冬雨初晴时乌云的鬼脸
又在第二个清晨汲上井水
我们爱听你半路
学来的昆曲，终于
在夜市或摆满普洱的
桌前重新坐下
安静下来，万物有声

谈话有时停止了，你往返着
忙于人类学和纪录片
车站就好比放映机
在一个人远行时
胶片飞速转动

2010

云梯
——回赠李浩

云的梯子倾斜着上升
在无穷的豁口中断
在每一次受难中乘坐箭矢
光芒便借你远眺
这里是永不重复的平静
这里不新鲜的错误
被风的手偷走
让眼睛成为彩虹的圆心
去观看所有的脸
最后观看自己的隐身

2011

愤怒
——给成帅

有一次，你受够了恶霸房东的诡诈
用借来的锤子砸烂了
那个十平米的黑暗的房间
相框、床榻、水龙头、炉灶、塑料盆
都被左派的氢气填满
东湖像一个气球拽着你飘走
你看到珞狮路的大工地狼烟滚滚
灰尘吞吐着拆卸工的肺管
也吞吐着世纪初的窒闷
也许，对愤怒的挥霍
远比写作更真实
学习什么，忍耐什么，延缓什么
青年的美不过是一阵
气球爆炸的巨响
然而你数次降落在
首都机场和地下通道
回到北京深冬的雾霾像回到那个
灭灯的房间

2015

小宇宙

“我们走到哪儿，哪儿就是个小宇宙。”

那里有房屋在深谷中
尖利的石头。广告牌。来回挪动的人。
盗窃。树木寥廓。一只手抓住夜
下垂的乳房。道路。不知去向的瀑布。

好像你走在什么地方
就走在更多的地方

好像你把脸
蒙进幼年的被子，被呼呼的风声抛向
一片温暖、没有名字的湖

2007

距离

五公里外，你顿了顿
“我想回到你的童年
跟你一起长大”
刚才的声音像一把种子
天一亮，往窗外看
是一片树林

2007

即景

几条铁轨荒废了。红色屋顶的
巨大厂房、野草、天线，在目之所及处
合拢。大桥的旋转阶梯上
我们抱着如螺旋，这天下午
被钻出一个孔，足以藏身，而多余部分
脱落下来，有的是一片民房
有的是雾气里
溽热的盲目感。山川海水
会在你我的缝隙里
交错成一盘谜棋

2007

晚餐

我们共桌抱着悬崖
碟子是岸，空荡荡的大厅晃动千重浪
薄暮里溶解不了的盐粒
用咸涩抵触夜晚重复的寡味
你吃下了落日
一颗一颗在体内拉满金弓
伶仃洋的黄昏都在弦上
而广州的天际线松懈了
黑暗降落
安静的黑暗以箭矢的形状在桌上降落

2015

破

船舱里满是熟透的葡萄
轻盈而永不腐朽
她曾是园丁，此刻是舰长
为舷窗调试海平线的黄金律
这艘船被南方城市的波浪推高
街上的人闪入水的万象
打着涡漩消失于自悔的折返
或是以白沫的虚空飞溅
成为彼此流动和减损的新的部分
拥挤的人们随即粉碎
当他们愤怒，汐流已挪移、翻卷
而她像上帝管理星空图一样
让生命的船舱平衡如满月
每一颗葡萄各归其位
饱满、剔透，带着血液的纯粹
藤枝穿过甲板，深植在她的心脏

2015

辉煌的午夜

太平洋吐丝，灯火的蛛网在岛屿间颤动
西博寮海峡用波浪的喙
衔走了船艄，他们坐在船尾
被透明的膜翅覆盖，身体从四肢末梢
渐趋消失，又加速生长了出来
他的眼睛从她的耳廓里眨动
她的脚撑开了他的掌纹
风切削着岸上的树冠
像马勒的一次笔误
晚汐也跟着不规则地摇撞
船短暂偏离了月神的轨道
仿佛清辉是一个漩涡
他是另一个
当她找不到他时，自己也在水沫的
渺茫中。甲板如醉汉
接过了灯光的倒影递来的杯子
他们的空杯子
在额头和乳房上闪烁
但海浪并不稳定，水银的海，熔钢的海
布朗运动的海，神的测不准的海
航船甩开了近岸的辉照
向更暗的地方耸动

远视帮助他发现了昨夜登陆的人潮
他们醒来如在码头焦灼等待

2015

南国指南

一天
从人像森林开始。
早晨是一个
植树的老人。
傍晚是少年伐木。

衰老的她在雪中咳嗽，
为无尽头的
向南的路生火。
雪花落入火苗的刹那，
她看到
她的灵魂为世界摄影。
在世界的井口上她生火，
在火舌上她出生。
透过灰色天空的 X 光片，
南国
是她的儿女的再次循环。

龙舌兰和红车木
在雨后的风烟中晃动。
热，用阴影的形状
吞食着重复的

夏季和夏季。

这里是大院，
那里是写字楼，
数不清的异乡
送来表情像逃亡的门卫。
他们躲进
阳光针尖的投影，
拦住陌生人，
目送领导，
询问面熟又叫不出
名字的人。

你为什么要走进一扇门？
你属于内部
还是外面？
你预约了下午
或者来自昨天的安排？
虽然走路
是每个人的工作，
但进门是命运的交易。

“老实说，
我这个保安只是打一份短工。
我在门口，
就好比什么地方也不在。

我起早贪黑，
睡着了，你们的脸
还像连环画自动在翻。
翻着翻着，
就着了火。
醒着，站着，反倒像休息。

你说这样的生活
跟倒立有什么区别？
什么书记，
什么老板，
全都随着我倒立。
他们是庄稼，我是稻草人。

这南方，太潮了，
雨跟我老家的叫花子似的
一会儿来一趟。
叫花子倒好，
他没有门
但敢去所有的门口。
我比他穷
还要一直守着一扇门，
这样的感觉很不安全。
你瞧，
雨又来了。”

勒杜鹃和旅人蕉
在大雨的风烟中晃动。
闪电偷着光，
快速把手缩回。
赤贫的广场
连着市政府和 CBD。

这里是银行，
那里是工作室，
复数的父亲
送来单独的她们。
从家族的群雕
取出她
自我的模具。
天地间，
谁会来浇灌
她二十五岁的无限分身？

青春期的
身体萌发，
是第一次分身。
成年是第二次。
第三次是独自离开，
离开熟悉的
布景、人事，
离开想象力的错误，

让分身
不断进行。

她需要自己辨别
黄昏中模糊的人脸,
并在近夜时分
幽邃的青天下
合拢如一。

就像雨水在南国止歇,
森林变成
你终将穿入的门。

2013

闪电剧场
——给 C.

1.
一天就要结束。坐过了站。岗顶
地铁口飘荡着屁股和胳膊、嘴和脚踝。
这些充气的器官
向空气寻针，针尖躲避。
砰砰地爆破
画出他心率的波状图。
你们像冷藏食物在超市的冰库崩塌，
你们像雨林的浆果被风猛甩在江面上，
你们像一群捉迷藏的孩子
谁也找不到谁，谁也认不出谁。
你们的汗味被他的针穿成线。
他刺向前方的空无，
他追赶这时自己的尾声，
他成了肉身立方体的一个原子，
随着再次启动的车厢，返回前一站。

"你好，我在这里。"
"那我也来了。"
"虽然这是我们第一次见面，但我
并不完全是你看到的这个样子。

我的样子是我们的障碍。
如果毁掉全世界所有的
镜子、画笔、相机，
每个人看到的我就会不同，
我不相信你说的我很高，
笑得和善，比想象中胖，我是个
对自己的眼睛密闭的盒子，
现在，我为你打开它，
请你穿过我静静观看。”

2.
她看到的是一片雨云，
罩着她，围在方所书店的人群外。
她走，云也走；
她静，云立住。
黑缎子似的云身
卷动男女们目光的余韵，
有什么声音在四周悬而不发，
水滴挂在管口、瓦檐、草尖上
就要脱离水的整体；
过道风轻推虚掩的门，
说不清风声是不是
门的哑响；
像黄昏之声、清晨之声、
午夜的和声，
当晨勃的人、收工的人、

夜不能寐的人静听万籁……
这一切声音的总和
似乎只是影子的呼哨。
她想说话，
打破尴尬的安静，
“你听，这是什么？”

云吸收了安静，
乱翻一会儿书，
假装自己是森林的一部分。
云领她在商场迷了路，
假装她是海砂的一部分。
她的胃的深潭
映照着云千层的影子
饥饿带他们穿过长街，
在天空尽头吃酸菜鱼、喝铁观音。
云送她来到换乘站，
举伞像是永别。

3.
伞柄从手中脱落。
后来，当他的阳具激动得
成了交换秘密的闪电，
她就被雨击穿。
忽大忽小的雨，
在黑暗中拍打、明亮的

停顿中拍打，催促着激流，进入
涡漩、险滩，在河心石上粉身！
涟漪破坏涟漪，
河面上无数的圆生生灭灭。
她的前方腾空了她的身后，
她的一部分甩开了
紧随的另一部分，
她在流逝，闪电像镜子。
失聪的人都用左耳贴紧大地，
寄出的信，
一读出就挥发一空，
人们的心跳如水滴蒸腾，回到气流。
记忆的溪水涌向她，
他的
无穷分身加入她——
“不，我说变，闪电就没了；
再变，你就没了。
你在魔术工厂放飞了自己，
放飞了我的脊椎和双手，
我的骨头空中乱舞，
变成死去的白鸽将我们覆盖。”

4.
但是他感到紧张：
“人和人之间是危险的，
如果从童年说起，我会感到羞耻。

死亡的能量把我推到了
母腹宇宙中，在一九八五
和八六年之交的深冬，睁开眼睛——
年龄的增长像挖洞，
看到的越多，洞就越深。
陌生人在隔壁的洞穴敲打，
发出血浆的呜咽、荷尔蒙的噪音。
洞壁越来越薄，简直要破了。
死人把洞从地心往外挖……
在夜间的岸上烧纸，可以听到
缓慢的破土的回声。”

跷跷板无人的一侧沉下去，
风卡在鱼形滑梯锈蚀的鱼腹；
六十人的体育课上，
五十九人正围观一人跑向横杠，
在讪笑的电流中纵身一跃；
红旗下两千人的操场，
集体的举手和注目礼扬起了
未来主义的崇高沙暴；
风把他刮向考场，
监考官是偷笑的空气，透明地穿身而过，
只有试卷能独自面对，
铃响的一刻，他攥着自己的案底，
小偷似的蹑过走廊的喧哗；
风把他刮到这首诗里，生吞着

下一行……
他的人生是一首失败的诗，
还未收尾，他想返回开头，哪怕是前面的
任意的段落，

在那里，为自己语言的荆棘
和欲望的压迫打一个死结。
他想回到一个气泡，回到阴晦的洞口。
风的船桅上，他来到她的对面，
躺在她的身旁；
风的铁索上，
他们失去了平衡，就要从高空跌下。

5.
“上帝使他沉睡，他就睡了。”
亚当胸中的一根肋骨
变成女人，“这是我骨中的骨，肉中的肉”。
当他们的身体联结起来，
她就回到了他之中，回到他的
肌肤、胸腔、脉管的收放，
她在他的血液里找到了家，
在他的骨头里
找到了墓碑，
她往返于家和墓地之间，
往返于他们的纯洁与污秽、
他们玉碎的轰响。

“二人赤身露体，并不羞耻。”
左边是生命树，右边是善恶树，
未来的眼球在枝上晃荡。

就这样，男人的身体里取出了女人，
女人的身体取出所有人。
男人想要回家，就站在母亲一边。
女人想要回家，就与男人合为一体。

6.
而上帝之子诞生在
一位童贞女的神圣子宫，
暗示了性的肮脏。
在旧日乐园，原罪究竟是
偷吃了分辨善恶的果子，
还是分享了对方的身体？
或者交换性器就是交换善恶，
“天起了凉风”，
当他们躲藏起来，
第一次感到彼此的不洁。
当晕眩的高潮过后，他们力倦筋疲，
视衰老和死为无物，离开
哈腓拉的黄金，
离开珍珠和红玛瑙、
世界中心的
希底结河、伯拉河，

让他们的儿女去每一条河边
做爱，建起遮羞的屋宇。
脏水和粪尿横流的马槽里，
上帝的儿子摆脱了
男女循环，时间开始了，
他是时间的悬念。

7.
顺着南田路、宝业路，
建材门店的锯齿在铝合金上飞转，
电焊像电子蜂，对着无机物采蜜，
火花扑向虚空，向面具一闪；
另一侧是海鲜粥、夜市摊上爆炒的狼藉，
桌上的中年人衣衫不整，
拿广东话劝酒，拿酒浇灌朽坏之躯，
他们的人生已用完一半；
单元楼在雨渍中凹陷，
如褪色的带齿边的黑白照
被影集压在箱底；
绕过鱼腥混合工业废水的恶臭河涌，
她一直走到太古仓，
船坞改造成酒吧，蓝色镭光
射向倾泻而下的河沙，
为换盏的男女打开幻觉的
一次性通道；
江水浅窄，对岸的小货轮

阻滞在锈色里，
破损的三角旗飘动在细索上，拉响马达。

并不神秘。上帝的儿子在人群中，
“弯着腰用指头在地上画字”：
“你们中间谁是没有罪的，谁就……”
从老到少，人们一个一个都走了。

她和他坐下，在晚上十点半
海珠岛西岸、珠江后航道的堤坝，
又好像是在火焰木下
深夜棋摊的残局。那时他们
说起往事，未知之美付之一炬，
那时他们的身体
几乎还没有接触，各自
是关闭的贝壳，
迎接人来人去、潮起汐落。

2014

后记　南方以南的写作

先秦时，以华夏文明自居的北方各诸侯国视楚地为南蛮。楚国国君熊渠挑战周王室权威，丢下一句：“我蛮夷也，不与中国之号谥。”

楚人以凤为图腾，是“凤的传人”。楚国与中原语言相异，文化相殊，征战数百年，成了最早的南北竞争。对当时的“中国”来说，楚地是边缘，北方是中心。楚国巫风盛行，喜巫近鬼，由巫女主持祭祀，奏乐、歌唱、舞蹈。王国维在《宋元戏曲史》中曾谈到楚国：“至于浴兰沐芳，华衣若英，衣服之丽也；缓节安歌，竽瑟浩倡，歌舞之盛也。乘风载云之词……是则灵之为职，或偃蹇以象神，或婆娑以乐神……”而在北方，孔子世俗人文主义的“未能事人，焉能事鬼”“不语怪力乱神”，则在日后压倒了楚国的神秘主义，成为中华文化正统。

中原与楚国、北方与南方，也分别贡献了《诗经》《楚辞》，成为中国诗歌的两大源头。屈原是中国第一位形象鲜明的诗人。在家国凋敝之际，他向南方以南放逐，过鄂渚（今湖北武昌），入洞庭，溯沅水，渡湘水，到了汨罗江畔，于农历五月五日投江自尽，留下《渔父》的名句：“安能以身之察察，受物之汶汶者乎？宁赴湘流，葬于江鱼之腹中。安能以皓皓之白，而蒙世俗之尘埃乎！”这个天问者、修远者、独醒者、“朝饮木兰之坠露，夕餐秋菊之落英”者，在向南的路上自沉，完成了南方诗歌最强健的形象。

东晋、南宋两朝南迁，造就了江南的人文荟萃。韩愈、苏轼贬谪，成为潮州、惠州的佳话。20 世纪的烽火动荡中，香港、台湾也成了众多诗人、作家南下的客居之地。南国的文明边界的变动，伴随着南下文人语言坐标的变迁。在大陆南端的广东，宋亡之际的文天祥留下“零丁洋里叹零丁”的浩叹。明亡之际，广东番禺诗人屈大均以屈原后人自居，在举国陆沉的凄怆中，多次参加抗清活动，后削发为僧，作品被清廷列为禁书：“故国江山徒梦寐，中华人物又销沉。龙蛇四海归无所，寒食年年怆客心。”原本被北方目为蛮夷之地的南国，却在历史动荡中，成了华夏文明的绝壁和孤崖。

在屈原的时代，楚地就是南国，《九章·橘颂》中，他写道：“受命不迁，生南国兮。”诗经的《小雅·四月》也有“滔滔江汉，南国之纪”云云。可见长江汉水之间的湖北，也即先秦时中原以南的南国。随着中华文明半径两千多年来的扩大，“南国”的意涵也发生了变迁。南宋词人张孝祥的“南国，都会繁盛，依然似昔”和民国时田汉等人在上海创办的“南国社”，“南国”大概是指江浙。侯孝贤 1996 年的电影《南国再见，南国》，是动人的台湾风物。今天，提到南方、南国，则多半是说夏雨绵绵、人潮涌涌的广东。

在写作和编排这部诗集时，想到“南国指南”这个题目，除了印证从荆楚到岭南的个人经验，其实还出于一种文化焦虑：不在文化中心京城和江南，而是来到传统意义上诗歌的边缘地带、商业氛围浓厚的广东都市，如何写诗？或者说，如何完成一次身份的腾挪，让写作鲜明而强健？

我无法回答。南方文学，自有它轻盈、潮湿、忧郁的精神氛围。何况，长江向南是珠江，珠江向南是大海。广东的广府、潮汕、客家三大民系，本就是先民从南岭以北迁至此地，与百越原住民混居逐渐形成的。今日的深圳、广州，更有大量南迁的外地移民，在解构也建构着这片土地的身份归属。这片陆海之间的土地，又有人在几百年来继续向南、向外，在港台、南洋和更远的海外的华人社群，让中国的边界成为迷人的多棱镜。在地理风物、写作风格、精神隐喻三个维度，“南国”，都有它不可替代的色彩和迷人的光辉。我又何须回答。

黎　衡

2014 年 9 月于广州

补记

蹉跎数年，小集《南国指南》2014 年已初编，写下上述《后记》，2016 年重编，得 30 岁前自由体诗 70 首，与此前出版的诗集《圆环清晨》并无重复，如今终于付梓。世异时移，作品虽是自己写的，今天看来却刻舟寻剑，像辨认一个失散的朋友。

我希望诗集作为一本书被写出、编排，有书的结构、节律，而不仅仅是偶发之作的随机组合。从书名看，《圆环清晨》是关于时间的诗集，这本《南国指南》则是关于空间的诗集。前者的编辑方式是 2006—2012 年，按年序选出。《南国指南》五个小辑加两首稍长的诗，也是七部分。其中 40 首是 2013、2014、2015 这三年在广州的新作，30 首是 2006—2012 年的未选之作。30 岁以前，我的几乎所有诗，都集于两本小书，140 首。今日出版，也是给诗歌的青年状态，办一场推迟七八年的告别仪式。

2016 年以来写的《眼睛监狱》《飞行》《南方，魔方》《合照：2001》《珠江异客》等长诗、系列诗，我希望像语言的“个展”一样陈列、布置。在《南国指南》这个阶段之后，或者以 30 岁生日为界，我花在写诗上的时间变少了，或在传媒访问、评述，或在小说和其他文类谋划、起草，这本诗集此前多次给到不同的出版社，种种因由一再耽延，它面世过程的曲折，一面折射出诗歌流通的现状，一面或许也影响了我写作心态的迁延，只问耕耘不问收获，却有广种薄收的寂寥。

它为我的生命提供“指南”了吗？或许只给迷路作出了标记。

黎　衡

2023 年 8 月 21 日